Paris
1835

Goethe, Johann Wolfgnag von

Le divan oriento-occidental

Moanni Nameh. Hafis Nameh. Uschk Nameh. Tefkir Nameh

LE DIVAN

ORIENTO-OCCIDENTAL.

IMPRIMERIE DE FIRMIN DIDOT FRÈRES,
RUE JACOB, N° 24.

LE DIVAN

ORIENTO-OCCIDENTAL,

Par Goethe.

PREMIÈRE PARTIE

MOGANNI NAMEH.

HAFIS NAMEH.

USCHK NAMEH.

TEFKIR NAMEH.

I. — XII.

JAM.

PARIS,

LIBRAIRIE GRECQUE, LATINE, ALLEMANDE, ANGLAISE ET DÉPARTEMENTALE

DE J. ALBERT MERKLEIN,

RUE DES BEAUX-ARTS, N° 11.

1835.

LE DIVAN

ORIENTO-OCCIDENTAL.

TOME Ier.

PREMIÈRE PARTIE.

POÉSIE.

MOGANNI NAMEH.

LIVRE DU CHANTRE.

J'ai laissé s'écouler ma vingtième année, et j'ai joui de ce qui me fut destiné dès le commencement : une période de vie, belle comme le temps des Barmékides.

MOGANNI NAMEH.

BUCH DES SÄNGERS.

Zwanzig Jahre liess ich gehn
Und genoss was mir beschieden;
Eine Reihe völlig schön
Wie die Zeit der Barmekiden.

HÉGIRE.

Le sud, l'ouest et le nord sont en pièces, les trônes se brisent, les empires tremblent; toi, va dans le pur Orient respirer l'air des patriarches. A la source du Chiser tu verras refleurir ta jeunesse au milieu des amours, des festins et des chants.

Dans ces lieux où règnent la pureté, la justice, je veux, traversant le chaos des races humaines, pénétrer dans la profondeur de leurs origines, jusqu'aux temps où l'homme recevait de la bouche de Dieu en langage terrestre la céleste doctrine, et ignorait les fatigues de l'esprit.

Alors aussi il vénérait hautement les auteurs de ses jours et repoussait tout culte étranger. Je veux renfermer ma félicité dans le cercle de ces premiers âges où le genre humain fut aussi riche de foi, aussi inaccessible aux raisonnements qu'il donnait d'importance à la parole, par cela seul qu'elle était une parole révélée.

HEGIRE.

—

Nord und West und Süd zersplittern,
Throne bersten, Reiche zittern,
Flüchte du, im reinen Osten
Patriarchenluft zu kosten,
Unter Lieben, Trinken, Singen
Soll dich Chisers Quell verjüngen.

Dort im Reinen und im Rechten
Will ich menschlichen Geschlechten
In des Ursprungs Tiefe dringen,
Wo sie noch von Gott empfingen
Himmelslehr' in Erdesprachen,
Und sich nicht den Kopf zerbrachen.

Wo sie Väter hoch verehrten,
Jeden fremden Dienst verwehrten;
Will mich freun der Jugendschranke,
Glaube weit, eng der Gedanke,
Wie das Wort so wichtig dort war,
Weil es ein gesprochen Wort war.

Je veux me mêler aux bergers, me rafraîchir à l'ombre des oasis : ou bien si je chemine avec les caravanes, portant aux nations les schalls, le café et le musc, je veux fouler chaque sentier du désert jusqu'aux villes.

Hafis, tes chants délassent sur le pénible chemin de rochers à cime tour à tour abaissée et élevée, quand le conducteur, du dos de son mulet, les répète avec ravissement, d'une voix à éveiller les étoiles et à effrayer les brigands.

Je veux, soit au bain, soit dans les caravanserails, m'occuper de toi, saint Hafis, quand mon amante soulève son voile et que, secouant sa tête, de ses cheveux bouclés s'exhale l'ambroisie. Oui, que le murmure passionné du poëte enflamme de desirs les houris elles-mêmes.

Ah! voudriez-vous le lui enlever ou mêler ses joies d'amertumes? Sachez que les paroles du poëte voltigent sans cesse autour des portes du paradis : elles frappent à petits coups, demandant l'éternelle félicité.

Will mich unter Hirten mischen
An Oasen mich erfrischen,
Wenn mit Caravanen wandle,
Schawl, Caffee und Moschus handle;
Jeden Pfad will ich betreten
Von der Wüste zu den Städten.

Bösen Felsweg auf und nieder
Trösten Hafis deine Lieder,
Wenn der Führer mit Entzücken
Von des Maulthiers hohem Rücken
Singt die Sterne zu erwecken,
Und die Räuber zu erschrecken.

Will in Bädern und in Schenken
Heil'ger Hafis dein gedenken,
Wenn den Schleier Liebchen lüftet
Schüttelnd Ambralocken düftet.
Ja des Dichters Liebeflüstern
Mache selbst die Huris lüstern.

Wolltet ihr ihm diess beneiden,
Oder etwa gar verleiden;
Wisset nur, dass Dichterworte
Um des Paradieses Pforte
Immer leise klopfend schweben,
Sich erbittend ew'ges Leben.

LES RELIQUES.

Le talisman enfermé dans un vase de Carnéole apporte aux croyants bonheur et prospérité : est-il fixé sur une base d'onyx, que ta bouche y dépose un baiser pur! Il chasse au loin le malheur; il te protége toi et le lieu où tu le portes. Si les caractères gravés présentent le saint nom d'Allah, il t'embrasera d'amour et de valeur. Les femmes surtout viendront recevoir la céleste influence du talisman.

Les amulettes sont également des signes, mais tracés sur le papier : mais la pensée n'y est pas à la gêne comme dans le cercle étroit de la pierre précieuse. Les âmes pieuses peuvent ici librement se choisir de longues épigraphes. Les fidèles croyants portent ces papiers autour d'eux, comme des scapulaires préservateurs.

SEGENSPFÄNDER.

Talisman in Carneol
Gläubigen bringt er Glück und Wohl;
Steht er gar auf Onyx Grunde,
Küss ihn mit geweihtem Munde!
Alles Uebel treibt er fort,
Schützet dich und schützt den Ort:
Wenn das eingegrabne Wort
Allahs Namen rein verkündet,
Dich zu Lieb' und That entzündet;
Und besonders werden Frauen
Sich am Talisman erbauen.

Amulete sind dergleichen
Auf Papier geschriebne Zeichen;
Doch man ist nicht im Gedränge
Wie auf edles Steines Enge,
Und vergönnt ist frommen Seelen
Läng're Verse hier zu wählen.
Männer hängen die Papiere
Gläubig um, als Scapulire.

Mais l'inscription n'a point de sens caché, elle n'est que ce qu'elle exprime, et doit te répéter tout ce que tu te plais à lui faire dire : elle sera simplement ce que tu auras voulu dire.

Cependant, j'apporte rarement Abraxas! mais alors les fantastiques créations d'un sombre et mystérieux délire doivent être regardées comme ce qu'il y a de plus sublime. Si donc mes paroles vous semblent absurdes, dites que je vous ai apporté Abraxas.

Graver un cachet, est chose difficile : enfermer le sens le plus large dans l'espace le plus étroit. Mais si tu sais te pénétrer d'un sens juste, à peine l'as-tu pensé que déja le mot est gravé.

Die Inschrift aber hat nichts hinter sich,
Sie ist sie selbst, und muss dir alles sagen,
Was hinterdrein mit redlichem Behagen
Du gerne sagst : Ich sag' es! Ich!

Doch Abraxas bring ich selten!
Hier soll meist das Fratzenhafte,
Das ein düstrer Wahnsinn schaffte,
Für das Allerhöchste gelten.
Sag' ich euch absurde Dinge,
Denkt, dass ich Abraxas bringe.

Ein Siegelring ist schwer zu zeichnen,
Den höchsten Sinn im engsten Raum;
Doch weisst du hier ein Aechtes anzueignen,
Gegraben steht das Wort, du denkst es kaum.

L'ESPRIT FORT.

Laissez-moi être ce que je suis, tranquille sur mon cheval : restez dans vos tentes : moi, je chevauche joyeusement par les pays lointains : la nuit, pour pavillon, j'ai la voûte étoilée.

Dieu a suspendu les étoiles pour vous servir de guides sur la terre et sur les mers, afin que votre œil se réjouisse et ne se lasse point de les contempler dans l'immensité des cieux.

FREISINN.

Lasst mich nur auf meinem Sattel gelten!
Bleibt in euren Hütten, euren Zelten!
Und ich reite froh in alle Ferne,
Ueber meiner Mütze nur die Sterne.

Er hat euch die Gestirne gesezt
Als Leiter zu Land und See,
Damit ihr euch daran ergetzt
Stets blickend in die Höh'.

TALISMANS.

A Dieu est l'Orient, à Dieu l'Occident : les peuples du Midi et du Septentrion reposent dans la paix de ses mains.

Lui qui, le seul juste, veut la justice pour chacun. Que de ses cent noms celui-ci soit très-loué : Amen!

L'erreur m'embarrasse dans ses piéges, mais tu viens me délivrer. Quand j'agis ou quand je pense, tu diriges mon chemin.

Si je songe et m'arrête aux choses de la terre, c'est pour arriver à un but plus élevé. Avec la poussière, l'esprit ne devient point poussière. Refoulé sur lui-même, il tend à s'élancer en haut.

Deux faveurs nous furent accordées dans le don de la

TALISMANE.

Gottes ist der Orient!
Gottes ist der Occident!
Nord- und südliches Gelände
Ruht im Frieden seiner Hände.

Er, der einzige Gerechte,
Will für Jedermann das Rechte.
Sey, von seinen hundert Namen,
Dieser hochgelobet! Amen.

Mich verwirren will das Irren;
Doch du weisst mich zu entwirren.
Wenn ich handle, wenn ich dichte,
Gib du meinem Weg die Richte.

Ob ich Ird'sches denk und sinne,
Das gereicht zu höherem Gewinne.
Mit dem Staube nicht der Geist zerstoben,
Dringet, in sich selbst gedrängt, nach oben.

Im Athemholen sind zweierlei Gnaden:

respiration : aspirer l'air et l'expirer. L'une comprime, l'autre dilate. Telle est la merveilleuse combinaison de la vie. Rends grâces à Dieu, s'il te presse de son souffle; rends-lui grâces, s'il le retire à lui.

Die Luft einziehen, sich ihrer entladen;
Jenes bedrängt, dieses erfrischt;
So wunderbar ist das Leben gemischt.
Du danke Gott, wenn er dich presst,
Und dank ihm, wenn er dich wieder entlässt.

QUATRE GRACES.

Afin que les Arabes pussent dans leur patrie parcourir gaîment l'étendue, Allah, pour le salut commun de tous, leur accorda quatre grâces.

Le turban d'abord, qui orne mieux une tête que les couronnes impériales; une tente mobile, demeure que l'on porte en tous lieux;

Un glaive, défense plus sûre que les rochers escarpés et les hautes murailles; puis une chansonnette qui plaît et profite à la fois, car les jeunes filles l'écoutent d'une oreille curieuse.

Si mes chants sont doux, elles y trouvent tant de charme, qu'elles me donnent les fleurs dont elles parent leur sein, et restent fidèles et joyeuses autour de moi.

VIER GNADEN.

Dass Araber an ihrem Theil
Die Weite froh durchziehen,
Hat Allah zu gemeinem Heil
Der Gnaden vier verliehen.

Den Turban erst, der besser schmückt
Als alle Kaiserkronen,
Ein Zelt, das man vom Orte rückt
Um überall zu wohnen;

Ein Schwert, das tüchtiger beschützt
Als Fels und hohe Mauern,
Ein Liedchen, das gefällt und nützt,
Worauf die Mädchen lauern.

Und Blumen sing' ich ungestört
Von ihrem Schawl herunter;
Sie weiss recht wohl was ihr gehört,
Und bleibt mir hold und munter.

Je puis vous régaler de fleurs et de fruits disposés avec élégance. Voudriez-vous des moralies (1)? je vais vous en donner de toutes fraîches.

Und Blum' und Früchte weiss ich euch
Gar zierlich aufzutischen,
Wollt ihr Moralien zugleich,
So geb' ich von den frischen.

(1) Espèce de fruits d'Orient.

AVEU.

Qu'y a-t-il de difficile à cacher? le feu! le feu! de jour la fumée le trahit; de nuit la flamme le montre. L'amour aussi est difficile à cacher : bien qu'on le nourrisse dans un calme profond, il n'échappe pas aux regards. Mais ce qu'il y a de plus difficile à cacher, c'est un poëme : on ne le met point sous la clef. Un poëte a-t-il composé un chant nouveau, il en est pénétré, il le porte en son âme : y a-t-il mis le dernier poli, il veut que le monde entier l'aime : il le lit à chacun avec orgueil et d'une forte voix, que son récit nous torture ou nous ravisse.

GESTÄNDNISS.

Was ist schwer zu verbergen? Das Feuer!
Denn bei Tage verräth's der Rauch,
Bei Nacht die Flamme, das Ungeheuer.
Ferner ist schwer zu verbergen auch
Die Liebe; noch stille gehegt,
Sie doch gar leicht aus den Augen schlägt.
Am schwersten zu bergen ist ein Gedicht,
Man stellt es unter'n Scheffel nicht.
Hat es der Dichter frisch gesungen,
So ist er ganz davon durchdrungen;
Hat er es zierlich nett geschrieben,
Will er die ganze Welt soll's lieben.
Er lies't es jedem froh und laut,
Ob es uns quält, ob es erbaut.

ÉLÉMENTS.

De quels éléments doit se nourrir un poëme sans défauts? — Que le vulgaire puisse le comprendre et le goûter, les maîtres l'entendre avec plaisir.

— Que l'amour avant tout ait la première place dans nos chants. — Poëte, pénètre-toi d'amour, ta mélodie en sera plus belle, ta voix plus expressive.

— Il faut encore que le choc des verres retentisse, et que le vin scintille en rubis sur les tables; car pour l'amant et pour le buveur, on donne le signal la tête parée des plus belles couronnes.

— Je veux aussi que résonnent et le cliquetis des armes et les fanfares des trompettes. Quand la fortune s'entoure de flammes dévorantes, le héros est un dieu au sein de la victoire.

ELEMENTE.

Aus wie vielen Elementen
Soll ein ächtes Lied sich nähren?
Dass es Laien gern empfinden,
Meister es mit Freuden hören.

Liebe sey vor allen Dingen
Unser Thema, wenn wir singen;
Kann sie gar das Lied durchdringen,
Wird's um desto besser klingen.

Dann muss Klang der Gläser tönen,
Und Rubin des Weins erglänzen:
Denn für Liebende, für Trinker,
Winkt man mit den schönsten Kränzen.

Waffenklang wird auch gefodert,
Dass auch die Drommete schmettre;
Dass, wenn Glück zu Flammen lodert,
Sich im Sieg der Held vergöttre.

—Il est enfin des choses que doit rejeter le poëte : il ne doit pas célébrer l'insupportable et la laideur, comme ce qui est beau par soi-même; chantre habile, qu'il sache entremêler son sujet de ces quatre éléments, principes générateurs et universels. Comme Hafis, il délassera les peuples, et les réjouira d'une éternelle joie.

Dann zuletzt ist unerlässlich,
Dass der Dichter manches hasse;
Was unleidlich ist und hässlich
Nicht wie Schönes leben lasse.

Weiss der Sänger dieser Viere
Urgewalt'gen Stoff zu mischen,
Hafis gleich wird er die Völker
Ewig freuen und erfrischen.

CRÉER ET VIVIFIER.

Au commencement, le bonhomme Adam fut une motte de terre que Dieu fit homme : il le tira brut du sein de sa mère.

Élohîm lui souffla dans les narines un pur esprit, et dès lors il parut être plus que l'abjecte matière; car il commença à éternuer.

Cependant, ses jambes, ses membres et sa tête avaient encore la roideur glacée de l'argile, jusqu'à ce que Noé eût offert à l'homme pauvre et simple la grande coupe de liqueur vermeille.

Dès que se fut humectée la masse d'argile, elle prit aussitôt son essor, comme la pâte s'élève par la fermentation.

ERSCHAFFEN UND BELEBEN.

Hans Adam war ein Erdenklos,
Den Gott zum Menschen machte,
Doch bracht' er aus der Mutter Schoos
Noch vieles Ungeschlachte.

Die Elohim zur Nas' hinein
Den besten Geist ihm bliesen,
Nun schien er schon was mehr zu seyn,
Denn er fing an zu niesen.

Doch mit Gebein und Glied und Kopf
Blieb er ein halber Klumpen,
Bis endlich Noah für den Tropf
Das Wahre fand, den Humpen.

Der Klumpe fühlt sogleich den Schwung,
Sobald er sich benetzet,
So wie der Teig durch Säuerung
Sich in Bewegung setzet.

Puissent ainsi, Hafis, tes chants gracieux et ton saint exemple nous conduire au sein des coupes qui s'entre-choquent jusqu'au sanctuaire de l'éternel Créateur!

So, Hafis, mag dein holder Sang,
Dein heiliges Exempel,
Uns führen, bei der Gläser Klang,
Zu unsres Schöpfers Tempel.

PHÉNOMÈNE.

Quand un nuage de rosée se marie aux rayons de Phœbus, aussitôt un arc nuancé de brillantes couleurs se dessine dans le ciel.

A travers les brouillards, je vois s'arrondir un arc semblable : il est blanc à la vérité; mais c'est encore un arc-en-ciel.

De même, vigoureux vieillard, ton visage ne doit point se flétrir. Tes cheveux fussent-ils blancs, tu es encore fait pour l'amour.

PHÄNOMEN.

Wenn zu der Regenwand
Phöbus sich gattet,
Gleich steht ein Bogenrand
Farbig beschattet.

Im Nebel gleichen Kreis
Seh ich gezogen,
Zwar ist der Bogen weiss,
Doch Himmelsbogen.

So sollst du, muntrer Greis,
Dich nicht betrüben,
Sind gleich die Haare weiss,
Doch wirst du lieben.

DÉLECTABLE.

Quelle est cette zône bigarrée qui unit le ciel à la hauteur? le brouillard du matin a jeté un voile épais sur ma prunelle perçante.

Sont-ce les tentes que le vizir a fait dresser pour ses femmes chéries? sont-ce des tapis de fête pour célébrer son union avec la plus belle?

Le rouge et le blanc se mélangent en magnifiques nuances : rien de plus beau ne saurait s'offrir à ma vue.

Mais comment se fait-il, Hafis, que ton schiras (1) se trouve dans les plaines brumeuses du Nord.

Ce sont des pavots panachés qui s'étendent sur les campagnes du voisinage, à la honte du dieu de la

LIEBLICHES.

Was doch Buntes dort verbindet
Mir den Himmel mit der Höhe?
Morgennebelung verbindet
Mir des Blickes scharfe Sehe.

Sind es Zelte des Vesires,
Die er lieben Frauen bau'te?
Sind es Teppiche des Festes,
Weil er sich der Liebsten traute?

Roth und weiss, gemischt, gesprenkelt
Wüsst ich schön'res nicht zu schauen,
Doch wie, Hafis, kommt dein Schiras
Auf des Nordens trübe Gauen?

Ja es sind die bunten Mohne,
Die sich nachbarlich erstrecken,
Und, dem Kriegesgott zum Hohne,

(1) Plante de l'Inde.

guerre, et couvrent délicieusement la terre de leurs files symétriques.

Puisse toujours ainsi l'homme paisible et craintif cultiver dans le repos l'utile ornement des fleurs! puisse, comme aujourd'hui, un rayon de soleil dissiper sur mon chemin le brouillard qui les enveloppe!

Felder streifweiss freundlich decken.

Möge stets so der Gescheute
Nutzend Blumenzierde pflegen,
Und ein Sonnenschein, wie heute,
Klären sie auf meinen Wegen!

DISCORDE.

Si, à ma gauche, au bord d'un ruisseau, Cupidon joue de la flûte, et qu'à droite, dans la campagne, Mars batte le tambour, mon oreille est délicieusement attirée; mais un vacarme discordant rompt le charme de l'harmonie. Les accents de la flûte continuent-ils de remplir les airs au milieu du tonnerre des combats, je deviens furieux, fou : — est-ce un prodige? — La mélodie des flûtes et le retentissement des trompettes vont-ils toujours croissant : j'erre çà et là, je fais rage : — peut-on s'en étonner?

ZWIESPALT.

Wenn links an Baches Rand
Cupido flötet,
Im Felde rechter Hand
Mavors drommetet,
Da wird dorthin das Ohr
Lieblich gezogen,
Doch um des Liedes Flor
Durch Lärm betrogen.
Nun flötet's immer voll
Im Kriegesthunder,
Ich werde rasend, toll;
Ist das ein Wunder?
Fort wächst der Flötenton,
Schall der Posaunen,
Ich irre, rase schon;
Ist das zu staunen?

LE PASSÉ DANS LE PRÉSENT.

Dans un jardin de mon voisinage fleurissent la rose et le lis à la rosée du matin. Au fond, s'élève tranquillement sur la hauteur un rocher couvert d'arbustes, entouré d'une forêt touffue et couronné d'un château de chevalier. L'arc du rocher s'abaisse en courbures jusqu'au point où il se marie au vallon.

Et là, comme autrefois, s'exhalent de délicieux parfums, lorsque l'amour nous guidait, et que les rayons de l'aube matinale se jouaient avec les cordes de ma harpe; lorsque les tons mâles et pleins du refrain de chasse venaient expirer dans les buissons, pour ranimer et réjouir le cœur, chaque fois qu'il le demandait et en avait besoin.

Les forêts verdoient éternellement : réjouissez-vous-en; tous les biens dont vous avez joui en particulier, vous

IM GEGENWÄRTIGEN VERGANGNES.

Ros' und Lilie morgenthaulich
Blüht im Garten meiner Nähe;
Hinten an, bebuscht und traulich,
Steigt der Felsen in die Höhe;
Und mit hohem Wald umzogen,
Und mit Ritterschloss gekrönet,
Lenkt sich hin des Gipfels Bogen,
Bis er sich dem Thal versöhnet.

Und da duftet's wie vor Alters,
Da wir noch von Liebe litten,
Und die Saiten meines Psalters
Mit dem Morgenstrahl sich stritten;
Wo das Jagdlied aus den Büschen,
Fülle rundes Tons enthauchte,
Anzufeuern, zu erfrischen
Wie's der Busen wollt' und brauchte.

Nun die Wälder ewig sprossen,
So ermuthigt euch mit diesen;
Was ihr sonst für euch genossen

pouvez maintenant en jouir avec les autres : personne ne vous accusera d'égoïsme ; dussiez-vous pouvoir jouir à toutes les saisons de la vie!

La tournure qu'a prise notre chant nous ramène de nouveau près d'Hafis, car il convient au déclin du jour de se réjouir avec ceux qui sont dans la joie.

Lässt in andern sich geniessen:
Niemand wird uns dann beschreien
Dass wir's uns alleine gönnen;
Nur in allen Lebensreihen
Müsset ihr geniessen können.

Und mit diesem Lied und Wendung
Siud wir wieder bei Hafisen,
Denn es ziemt des Tags Vollendung
Mit Geniessern zu geniessen.

LE CHANT ET LES FORMES.

Que le Grec imprime des formes à son argile, et contemple avec ravissement le fils de ses mains.

Nos délices à nous, sont de suivre le courant de l'Euphrate, voguant çà et là sur l'élément perfide.

Si je voulais obéir au feu de mon âme, un chant retentirait : si la main pure du poëte puise à la source, l'onde s'arrondit en sphère.

LIED UND GEBILDE.

Mag der Grieche seinen Thon
Zu Gestalten drücken,
An der eignen Hände Sohn
Steigern sein Entzücken;

Aber uns ist wonnereich
In den Euphrat greifen,
Und im flüss'gen Element
Hin und wieder schweifen.

Löscht' ich so der Seele Brand,
Lied es wird erschallen;
Schöpft des Dichters reine Hand,
Wasser wird sich ballen.

HARDIESSE.

A quoi tient-il que l'homme soit heureux ? Chacun aime à entendre des sons qui se modulent avec harmonie.

Que tout ce qui trouble ton cours, s'écarte et fasse place. Seulement ne combats point dans l'ombre. Avant de commencer son œuvre, le poëte doit vivre au grand jour.

Puissent les mâles accords de l'harmonie vibrer dans les échos de son âme ! Si le poëte sent l'angoisse dans son cœur, il trouvera sa paix en lui-même.

DREISTIGKEIT.

Worauf kommt es überall an,
Dass der Mensch gesundet ?
Jeder höret gern den Schall an,
Der zum Ton sich rundet.

Alles weg, was deinen Lauf stört !
Nur kein düster Streben!
Eh er singt und eh er aufhört,
Muss der Dichter leben.

Und so mag des Lebens Erzklang
Durch die Seele dröhnen !
Fühlt der Dichter sich das Herz bang,
Wird sich selbst versöhnen.

FORT ET VAILLANT.

Faire des vers est une fatuité, n'en déplaise à personne! Ayez donc un sang chaud et joyeux comme moi!

Si la fatigue de chaque heure n'était amère, je serais modeste aussi, et même plus que vous.

La modestie est bien placée dans le cœur d'une jeune fille qui fleurit: rose délicate, elle veut être gagnée par la douceur et fuit les contacts grossiers.

Aussi, la modestie est bonne, dit un sage, aux leçons duquel je peux m'instruire du temps et de l'éternité.

Faire des vers est une fatuité! j'en fais volontiers pour moi seul: seulement, je les confie à quelques amis et à de belles femmes au teint frais.

DERB UND TÜCHTIG.

Dichten ist ein Uebermuth,
Niemand schelte mich!
Habt getrost ein warmes Blut
Froh und frei wie ich.

Sollte jeder Stunde Pein
Bitter schmecken mir;
Würd' ich auch bescheiden seyn,
Und noch mehr, als ihr.

Denn Bescheidenheit ist fein,
Wenn das Mädchen blüht,
Sie will zart geworben seyn,
Die den Rohen flieht.

Auch ist gut Bescheidenheit,
Spricht ein weiser Mann,
Der von Zeit und Ewigkeit
Mich belehren kann.

Dichten ist ein Uebermuth!
Treib' es gern allein.
Freund' und Frauen, frisch von Blut,
Kommt nur auch herein!

Petit moine sans capuchon et sans froc, veuille bien ne pas m'importuner de ton verbiage! tu me fais perdre le bon sens, mais tu ne me rends pas modeste.

Le vide de tes phrases me déplaît; déja je les ai foulées aux pieds.

Car, lorsque le moulin du poëte tourne rapidement, ne l'arrêtez pas. Quand une fois vous l'aurez compris, vous lui pardonnerez.

Mönchlein ohne Kapp' und Kutt'
Schwatze nicht auf mich ein!
Zwar du machest mich caput,
Nicht bescheiden, nein!

Deiner Phrasen leeres Was
Treibet mich davon,
Abgeschliffen hab' ich das
An den Sohlen schon.

Wenn des Dichters Mühle geht,
Halte sie nicht ein:
Denn wer einmal uns versteht,
Wird uns auch verzeih'n.

VIE UNIVERSELLE.

La poussière est un élément dont tu sais tirer parti bien adroitement, Hafis, lorsqu'en l'honneur de ton amante, tu modules une gracieuse chansonnette.

Car sur le seuil de ta porte, la poussière est préférable aux tapis brodés de fleurs d'or, sur lesquels s'agenouillent les favoris de Mahmud.

Si le vent impétueux fait tourbillonner à l'entour des nuages de cette poussière chérie, tu l'aspires avec plus de volupté que le musc et l'essence de rose.

Poussière dont j'ai long-temps manqué dans les climats du nord, enveloppés de brumes éternelles, mais dont je suis rassasié dans les sables brûlants du sud.

Cependant, depuis bien long-temps déja, la porte de

ALLLEBEN.

Staub ist eins der Elemente,
Das du gar geschickt bezwingest,
Hafis, wenn zu Liebchens Ehren,
Du ein zierlich Liedchen singest.

Denn der Staub auf ihrer Schwelle
Ist dem Teppich vorzuziehen,
Dessen goldgewirkte Blumen
Mahmud's Günstlinge bekniееn.

Treibt der Wind von ihrer Pforte
Wolken Staubs behend vorüber,
Mehr als Moschus sind die Düfte
Und als Rosenöl dir lieber.

Staub, den hab ich längst entbehret
In dem stets umhüllten Norden,
Aber in dem heissen Süden
Ist er mir genugsam worden.

Doch schon längst, dass liebe Pforten
Mir auf ihren Angeln schwiegen!

ma bien-aimée reste muette sur ses gonds! Viens guérir mes maux, pluie d'orage, et fais-moi goûter la fraîcheur de la nature renouvelée après la tempête.

Lorsque les tonnerres grondent et que le ciel est en feu, la vile poussière, emportée par les vents, retombe humectée sur la terre.

Aussitôt, il se fait dans la nature une animation nouvelle : un principe interne, force mystérieuse et divine, opère la fermentation des germes, et les plantes se développent, et une verdure odorante s'étend sur la surface du globe.

Heile mich, Gewitterregen,
Lass mich, dass es grunelt, riechen!

Wenn jetzt alle Donner rollen
Und der ganze Himmel leuchtet,
Wird der wilde Staub des Windes
Nach dem Boden hingefeuchtet.

Und sogleich entspringt ein Leben,
Schwillt ein heilig heimlich Wirken,
Und es grunelt und es grünet
In den irdischen Bezirken.

HEUREUX DESIR.

Ne dites à personne, si ce n'est au sage (car la foule se raille du sublime) : « Je vais louer le vivant qui desire « mourir par les flammes. »

Dans la fraîcheur des nuits d'amour où tu fus engendré, où tu procréas toi-même, un sentiment ineffable te saisit à la lueur du flambeau silencieux.

Tu te dégages des ombres de l'obscurité : un nouveau desir t'entraîne vers un accomplissement plus sublime.

Il n'est éloignement si grand qui puisse t'arrêter : tu traverses les airs d'un vol rapide, transporté par une force magique : à la fin, papillon desireux de lumière, tu es brûlé.

Et tant que tu n'auras pas en toi ce desir de l'âme qui

SELIGE SEHNSUCHT.

Sagt es Niemand, nur den Weisen,
Weil die Menge gleich verhöhnet,
Das Lebend'ge will ich preisen,
Das nach Flammentod sich sehnet.

In der Liebesnächte Kühlung,
Die dich zeugte, wo du zeugtest,
Ueberfällt dich fremde Fühlung,
Wenn die stille Kerze leuchtet.

Nicht mehr bleibest du umfangen
In der Finsterniss Beschattung,
Und dich reisset neu Verlangen
Auf zu höherer Begattung.

Keine Ferne macht dich schwierig,
Kommst geflogen und gebannt,
Und zuletzt, des Lichts begierig,
Bist du Schmetterling verbrannt.

Und so lang du das nicht hast,
Dieses: Stirb und werde!

te dira : Meurs et deviens ! tu n'es qu'un hôte obscur sur cette terre de ténèbres.

Comme un roseau naît de la terre pour délecter les hommes par la douceur de ses sucs, puisse ainsi du roseau qui me sert de plume, couler un baume bienfaisant !

Bist du nur ein trüber Gast
Auf der dunklen Erde.

Thut ein Schilf sich doch hervor,
Welten zu versüssen !
Möge meinem Schreibe-Rohr
Liebliches entfliessen !

HAFIS NAMEH.

LIVRE DE HAFIS.

Que l'expression se marie à la pensée : tout admirateur d'Hafis a connu cette alliance.

HAFIS NAMEH.

BUCH HAFIS.

Sey das Wort die Braut genannt,
Bräutigam der Geist;
Diese Hochzeit hat gekannt,
Wer Hafisen preis't.

SURNOM.

LE POÈTE.

Mohamed Schemseddin parle : Pourquoi ton peuple t'a-t-il nommé Hafis le sublime?

HAFIS.

Je suis charmé de ta question, et j'y réponds : C'est parce que dans mon heureuse mémoire je gardai immuablement le texte sacré du Coran ; parce que mes œuvres furent si pieuses, que les ombres qui enveloppent le vulgaire, ne se sont point étendues sur moi, ni sur tous ceux qui révèrent, comme il convient, la parole et la semence des prophètes. Voilà pourquoi je fus ainsi nommé.

LE POÈTE.

Aussi me semble-t-il, Hafis, que j'aimerais à ne pas

BEINAME.

DICHTER.

Mohamed Schemseddin sage,
Warum hat dein Volk, das hehre,
Hafis dich genannt?

HAFIS.

Ich ehre,
Ich erwied're deine Frage:
Weil in glücklichem Gedächtniss
Des Corans geweiht Vermächtniss
Unverändert ich verwahre,
Und damit so fromm gebahre,
Dass gemeines Tages Schlechtniss
Weder mich noch die berühret,
Die Prophetenwort und Samen
Schätzen, wie es sich gebühret;
Darum gab man mir den Namen.

DICHTER.

Hafis drum, so will mir scheinen,
Möcht' ich dir nicht gerne weichen:
Denn, wenn wir wie and're meinen,

m'écarter de toi ! Car, lorsque nos pensées sympathisent avec les pensées des autres, nous leur ressemblons, et moi je te ressemble, moi qui de nos livres saints ai pris dans mon cœur la magnifique image, comme sur la toile des toiles se sont imprimés les traits de l'éternel Souverain. Cette image a porté dans mon sein le calme et la vigueur avec la sereine image de la foi, en dépit de l'impiété, de la malveillance et de la spoliation.

Werden wir den andern gleichen.
Und so gleich' ich dir vollkommen,
Der ich uns'rer heil'gen Bücher
Herrlich Bild an mich genommen,
Wie auf jenes Tuch der Tücher
Sich des Herren Bildniss drückte,
Mich in stiller Brust erquickte,
Trotz Verneinung, Hind'rung, Raubens,
Mit dem heitern Bild des Glaubens.

ACCUSATION.

Savez-vous ceux que les esprits malins guettent dans le désert entre les rochers et les murailles, attendant l'instant favorable pour fuir avec leur proie dans les enfers? Ce sont le menteur et le meurtrier. Le poëte, pourquoi ne craint-il pas de se trouver avec de telles gens? Mais sait-il donc avec qui il chemine, lui dont la vie entière est un délire? Ballotté par les caprices d'un amour sans mesure, il est poussé dans le désert; et les rimes plaintives qu'il trace sur le sable sont aussitôt emportées par les vents. Il ne comprend pas ce qu'il dit; ce qu'il dit, sa mémoire ne le garde point.

Laissez-le chanter, lors même qu'il contredit le Coran. C'est à vous, qui connaissez le sens de la loi, à vous,

ANKLAGE.

Wisst ihr denn, auf wen die Teufel lauern,
In der Wüste, zwischen Fels und Mauern?
Und, wie sie den Augenblick erpassen,
Nach der Hölle sie entführend fassen?
Lügner sind es und der Bösewicht.

Der Poete, warum scheut er nicht
Sich mit solchen Leuten einzulassen?
Weiss denn der mit wem er geht und wandelt,
Er, der immer nur im Wahnsinn handelt?
Gränzenlos, von eigensinn'gem Lieben,
Wird er in die Oede fortgetrieben,
Seiner Klagen Reim, in Sand geschrieben,
Sind vom Winde gleich verjagt;
Er versteht nicht, was er sagt,
Was er sagt, wird er nicht halten.

Doch sein Lied man lässt es immer walten,

hommes sages, pieux et savants, d'enseigner aux fidèles musulmans l'inflexible devoir!

Hafis surtout embarrasse l'esprit; Mirza jette dans le vague. Je vous le demande, dites, que doit-on faire? que doit-on omettre?

Da es doch dem Coran widerspricht.
Lehret nun, ihr des Gesetzes Kenner,
Weisheit-fromme, hochgelehrte Männer,
Treuer Mosleminen feste Pflicht.
Hafis in's besond're schaffet Aergernisse,
Mirza sprengt den Geist in's Ungewisse,
Saget, was man thun und lassen müsse?

FETWA.

Dans les traits poétiques d'Hafis la vérité est imprimée en caractères ineffaçables; mais aussi vous y rencontrez çà et là des bagatelles étrangères à la loi. Si tu veux assurer tes pas, sache séparer le venin du serpent de la thériaque salutaire.

Se livrer gaîment aux nobles attraits d'une volupté pure; s'abstenir avec sagesse des plaisirs que suit une peine éternelle, voilà les meilleurs préservatifs pour ne point faillir. Ébusuud vous écrivit ces paroles : Dieu lui fasse grâce de ses péchés!

FETWA.

Hafis Dichterzüge sie bezeichnen
Ausgemachte Wahrheit unauslöschlich;
Aber hie und da auch Kleinigkeiten
Ausserhalb der Gränze des Gesetzes.
Willst du sicher geh'n, so musst du wissen
Schlangengift und Theriak zu sondern—
Doch der reinen Wollust edler Handlung
Sich mit frohem Muth zu überlassen,
Und vor solcher, der nur ew'ge Pein folgt,
Mit besonnenem Sinn sich zu bewahren,
Ist gewiss das beste, um nicht zu fehlen.
Dieses schrieb der arme Ebusuud euch,
Gott verzeih ihm seine Sünden alle.

LE REMERCIEMENT DE L'ALLEMAND.

Saint Ébusuud, tu as dit juste : le poëte souhaite ardemment de tels saints! car ces bagatelles étrangères à la loi, dis-tu, sont l'héritage du poëte ; il s'y berce orgueilleusement, joyeux, même au milieu des soucis ; il ne doit pas distinguer le venin du serpent de la thériaque ; l'un ne donnera pas la mort, l'autre ne guérira point. Car la véritable vie est une innocence éternelle, ne faisant de dommage qu'à elle-même. Qu'il se réjouisse donc dans l'espérance, le vieux poëte : dans le paradis, les houris l'accueilleront comme un jeune homme brillant de gloire. Tu as dit juste, saint Ébusuud.

DER DEUTSCHE DANKT.

Heiliger Ebusuud, hast's getroffen !
Solche Heilige wünschet sich der Dichter ;
Denn gerade jene Kleinigkeiten
Ausserhalb der Gränze des Gesetzes,
Sind das Erbtheil, wo er übermüthig,
Selbst im Kummer lustig, sich beweget.
Schlangengift und Theriak muss
Ihm das eine wie das and're scheinen ;
Tödten wird nicht jenes, diess nicht heilen :
Denn das wahre Leben ist des Handelns
Ew'ge Unschuld, die sich so erweiset,
Dass sie Niemand schadet als sich selber.
Und so kann der alte Dichter hoffen,
Dass die Houris ihn im Paradiese
Als verklärten Jüngling wohl empfangen.
Heiliger Ebusuud, hast's getroffen !

FETWA.

Le muphti lut l'un après l'autre les poëmes de Misri, et sans plus tarder, les jeta dans les flammes. La poésie était belle, et cependant le livre fut anéanti.

« Périsse ainsi par le feu, dit le grand-juge, quiconque « pense et croit comme Misri! Lui seul soit excepté de « la peine! car Allah lui-même a remis à chaque poëte un « don précieux; en abuse-t-il? Sous le lourd fardeau de « ses fautes qu'il tremble de se trouver face à face avec « Dieu. »

FETWA.

Der Mufti las des Misri Gedichte
Eins nach dem andern, alle zusammen,
Und wohlbedächtig warf sie in die Flammen,
Das schöngeschriebene Buch es ging zunichte.

Verbrannt sey jeder, sprach der hohe Richter,
Wer spricht und glaubt wie Misri — er allein
Sey ausgenommen von des Feuers Pein:
Denn Allah gab die Gabe jedem Dichter;
Missbraucht er sie im Wandel seiner Sünden,
So seh' er zu, mit Gott sich abzufinden.

INFINI.

Telle est ta grandeur que tu ne peux finir; telle est ta nature que jamais tu ne commences : ton chant tourne sans cesse comme la voûte étoilée. Commencement et fin, tu es toujours un, toujours même; tu es au milieu ce que tu seras à la fin, ce que tu fus au commencement.

Tu es de la volupté la source poétique et pure : tu te répands en flotsqui, sans nombre, se succèdent : tu es une bouche toujours appelant le baiser; une voix chantant l'hymne de la nature; un gosier de buveur toujours irrité; un bon cœur qui s'épanche.

S'abîme le monde entier! que m'importe? A toi seul, Hafis, à toi je veux m'égaler : jumeaux, que plaisirs et peines, tout nous soit commun! Avec toi rimer et boire, telle est mon ambition, telle serait ma vie.

Maintenant, ô chant, retentis de ta propre inspiration, car tu es le plus ancien, tu es le plus nouveau.

UNBEGRÄNZT.

Dass du nicht enden kannst, das macht dich gross,
Und dass du nie beginnst, das ist dein Loos.
Dein Lied ist drehend wie das Sterngewölbe,
Anfang und Ende immerfort dasselbe,
Und was die Mitte bringt, ist offenbar
Das, was zu Ende bleibt und Anfangs war.

Du bist der Freuden ächte Dichterquelle,
Und ungezählt entfliesst dir Well' auf Welle.
Zum Küssen stets bereiter Mund,
Ein Brustgesang, der lieblich fliesset,
Zum Trinken stets gereizter Schlund,
Ein gutes Herz, das sich ergiesset.

Und mag die ganze Welt versinken!
Hafis, mit dir, mit dir allein,
Will ich wetteifern! Lust und Pein
Sey uns den Zwillingen gemein!
Wie du zu lieben und zu trinken,
Das soll mein Stolz, mein Leben seyn.

Nun töne Lied mit eignem Feuer!
Denn du bist älter, du bist neuer.

IMITATION.

Je ne désespère pas de réussir dans ton genre de rimes; car le retour des sons me plaît aussi : je trouverai d'abord le sens, ensuite les paroles; le même son ne doit point revenir une seconde fois, à moins qu'il n'amène un sens particulier, comme tu le veux, ô poëte, qui as été favorisé par-dessus tous les autres.

Ainsi qu'une étincelle peut embraser la ville impériale, lorsque les flammes bouillonnent avec fureur, et s'élançant en tourbillons rougeâtres, vont se perdre au palais des étoiles; ainsi, de ton âme le feu éternel serpente en longues spirales pour réchauffer un cœur allemand.

Les rhythmes charment sans doute, et le talent s'y joue agréablement; et pourtant qu'ils ont vite fait d'engendrer le dégoût et l'ennui, s'ils ne sont que des masques

NACHBILDUNG.

In deine Reimart hoff' ich mich zu finden,
Das Wiederholen soll mir auch gefallen,
Erst werd' ich Sinn, sodann auch Worte finden;
Zum zweitenmal soll mir kein Klang erschallen,
Er müsste denn besondern Sinn begründen,
Wie du's vermagst, begünstigter vor allen!

Denn wie ein Funke fähig zu entzünden
Die Kaiserstadt, wenn Flammen grimmig wallen,
Sich winderzeugend glüh'n von eignen Winden,
Er, schon erloschen, schwand zu Sternenhallen;
So schlang's von dir sich fort mit ew'gen Gluthen,
Ein deutsches Herz von frischem zu ermuthen.

Zugemessne Rhythmen reizen freilich,
Das Talent erfreut sich wohl darin;
Doch wie schnelle widern sie abscheulich,
Hohle Masken ohne Blut und Sinn;

creux, vides de sens et d'intelligence! Le génie lui-même est d'une allure disgracieuse, s'il ne songe à se revêtir de la forme nouvelle, à dépouiller des formes décrépites.

Selbst der Geist erscheint sich nicht erfreulich,
Wenn er nicht, auf neue Form bedacht,
Jener todten Form ein Ende macht.

LE MYSTÈRE ÉVIDENT.

Saint Hafis, ils t'ont nommé la langue mystique ; mais les grammairiens ont-ils compris la valeur du mot?

Oui, pour eux tu es mystique: car auprès de toi, ils ne sont que d'absurdes penseurs ; ils versent sur ton nom le venin impur de leur ignorance.

Oui, pour eux tu es mystique ; car ils ne te comprennent point, toi qui, sans être pieux, jouis d'une félicité suprême! et c'est cela même qu'ils te refusent.

OFFENBAR GEHEIMNISS.

Sie haben dich, heiliger Hafis,
Die mystische Zunge genannt,
Und haben, die Wortgelehrten,
Den Werth des Worts nicht erkannt.

Mystisch heissest du ihnen,
Weil sie närrisches bei dir denken,
Und ihren unlautern Wein
In deinem Namen verschenken.

Du aber bist mystisch rein,
Weil sie dich nicht versteh'n,
Der du, ohne fromm zu seyn, selig bist!
Das wollen sie dir nicht zugesteh'n.

LE MOT.

Cependant, vous avez raison, vous que je reprends : ceci devrait s'entendre de soi-même. Un mot n'a pas qu'une seule acception : le mot est un éventail ! entre les branches brillent deux beaux yeux. — L'éventail est un crêpe gracieux, qui cache le visage, il est vrai, mais il ne me cache point la jeune fille : car ce que la jeune fille a de plus beau, son œil, vient étinceler dans mon œil.

WINCK.

Und doch haben sie Recht, die ich schelte:
Denn, dass ein Wort nicht einfach gelte,
Das müsste sich wohl von selbst versteh'n.
Das Wort ist ein Fächer! Zwischen den Stäben
Blicken ein Paar schöne Augen hervor.
Der Fächer ist nur ein lieblicher Flor;
Er verdeckt mir zwar das Gesicht,
Aber das Mädchen verbirgt er nicht,
Weil das schönste, was sie besitzt,
Das Auge, mir in's Auge blitzt.

A HAFIS.

Ce que tous demandent, tu le sais bien, Hafis, tu l'as bien compris; car, depuis la poussière jusqu'au trône, le desir nous étreint dans ses chaînes.

Cela fait au cœur tant de mal, tant de bien ensuite! qui peut, hélas! s'en défendre? Si l'un tombe et se brise, l'autre monte et se dresse hardiment.

Pardonne-moi, maître, tu sais que je m'engage témérairement quand elle attire les yeux à elle, la svelte femme, pareille au cyprès mobile.

Son pied glisse comme le chevelu des racines et semble caresser le sol; son salut est semblable au léger nuage qui passe.

Ses cheveux boucle à boucle, anneau par anneau, se

AN HAFIS.

Was alle wollen weisst du schon
Und hast es wohl verstanden:
Denn Sehnsucht hält, von Staub zu Thron,
Uns all' in strengen Banden.

Es thut so weh, so wohl hernach,
Wer sträubte sich dagegen?
Und wenn den Hals der eine brach,
Der andre bleibt verwegen.

Verzeihe, Meister, wie du weisst
Dass ich mich oft vermesse,
Wenn sie das Auge nach sich reisst
Die wandelnde Cypresse.

Wie Wurzelfasern schleicht ihr Fuss
Und buhlet mit dem Boden;
Wie leicht Gewölk verschmilzt ihr Gruss,
Wie Ost-Gekos ihr Oden.

Das alles drängt uns ahndevoll,
Wo Lock' an Locke kräuselt,

pressent, s'enflent en touffe brune, se jouent au zéphyr.

Son front calme et pur assérénit ton cœur; tu écoutes son chant joyeux où l'esprit se repose avec volupté.

Quand s'agitent ses lèvres délicates, elles donnent à la fois liberté et captivité.

L'haleine s'arrête, l'âme vole après l'âme; le souffle parfumé des amants s'exhale en légers tourbillons dans ce moment de bonheur, et disparaît en nuage invisible.

Mais quand l'ardeur te consume, tu saisis avidement la tasse, et l'échanson accourt à tes appels répétés.

Son œil brille, son cœur palpite; il espère, quand le vin t'exaltera, entendre tes paroles savantes et sublimes.

L'espace des mondes s'ouvre à lui; son esprit recueilli est dans le calme et le bonheur; sa poitrine s'enfle, sa prunelle brunit; il est devenu adolescent.

In brauner Fülle ringelnd schwoll,
Sodann im Winde säuselt.

Nun öffnet sich die Stirne klar,
Dein Herz damit zu glätten,
Vernimmst ein Lied so froh und wahr,
Den Geist darin zu betten.

Und wenn die Lippen sich dabei
Auf's niedlichste bewegen;
Sie machen dich auf einmal frei
In Fesseln dich zu legen.

Der Athem will nicht mehr zurück,
Die Seel' zur Seele fliehend,
Gerüche winden sich durch's Glück
Unsichtbar wolkig ziehend.

Doch wenn es allgewaltig brennt,
Dann greifst du nach der Schale:
Der Schenke läuft, der Schenke kömmt
Zum erst- und zweitenmale.

Sein Auge blitzt, sein Herz erbebt,
Er hofft auf deine Lehren,
Dich, wenn der Wein den Geist erhebt,
Im höchsten Sinn zu hören.

Ihm öffnet sich der Welten Raum,
Im Innern Heil und Orden,
Es schwillt die Brust, es bräunt der Pflaum,
Er ist ein Jüngling worden.

Et quand il n'est plus de mystère pour toi sur ce que contiennent le cœur et le monde, ouvert et aimant, tu apprends au penseur que le sens se déploie. Aussi, afin que l'asile sacré du trône ne se perde pas pour nous, tu donnes au roi une bonne parole, et une aussi au vizir.

Toutes ces choses, tu les sais et les chantes aujourd'hui; demain encore, tu les chanteras de même. Ainsi, ton inspiration nous conduit délicieusement, à travers le chemin de la vie entremêlée de douceurs et d'amertumes.

Und wenn dir kein Geheimniss blieb
Was Herz und Welt enthalte,
Dem Denker winkst du treu und lieb,
Dass sich der Sinn entfalte.

Auch dass vom Throne Fürstenhort
Sich nicht für uns verliere,
Gibst du dem Schach ein gutes Wort
Und gibst es dem Veziere.

Das alles kennst und singst du heut
Und singst es morgen eben:
So trägt uns freundlich dein Geleit
Durch's rauhe milde Leben.

USCHK NAMEH.

LIVRE DE L'AMOUR.

Dis-moi, que veut mon cœur? — Mon cœur est près de toi : ne le repousse pas.

USCHK NAMEH.

BUCH DER LIEBE.

Sage mir,
Was mein Herz begehrt?
Mein Herz ist bei dir,
Halt' es werth.

MODÈLES.

Écoute et retiens six couples d'amants :

« L'emblème des paroles enflamme, et l'amour alimente « les feux : Rustan et Rodavou.

« Sont presque inconnus l'un à l'autre : Joussouf et Su- « leika.

« L'amour et non gain d'amour : Ferhad et Schirin.

« Seulement l'un pour l'autre : Medschnun et Leila.

« Dschémil déja vieux aimant Boteinah.

« Doux caprices d'amour, Salomon et la Brune. »

As-tu compris, tu as profité en amour.

MUSTERBILDER.

Hör' und bewahre
Sechs Liebespaare.
Wortbild entzündet, Liebe schürt zu:
Rustan und Rodawu.
Unbekannte sind sich nah:
Jussuph und Suleika.
Liebe, nicht Liebesgewinn:
Ferhad und Schirin.
Nur für einander da:
Medschnun und Leila.
Liebend im Alter sah
Dschemil auf Boteinah.
Süsse Liebeslaune,
Salomo und die Braune!
Hast du sie wohl vermerkt,
Bist im Lieben gestärkt.

ENCORE UN COUPLE.

Oui, l'amour est un grand mérite! Que peut-on acquérir de plus beau?—Tu ne deviens point puissant, tu ne deviens point riche; tu es pourtant semblable aux plus grands héros. On parlera comme d'un prophète, de Vamik et d'Asra.—On n'en parlera pas, on les nommera. Il n'est personne qui doive les ignorer. Ce qu'ils ont fait, ce qu'ils ont été, nul ne le sait. Ils ont aimé, et on le sait. C'est assez pour qui s'informe de Vamik et d'Asra.

NOCH EIN PAAR.

Ja, Lieben ist ein gross Verdienst!
Wer findet schöneren Gewinnst?—
Du wirst nicht mächtig, wirst nicht reich;
Jedoch den grössten Helden gleich.
Man wird, so gut wie vom Propheten,
Von Wamik und von Asra reden.—
Nicht reden wird man, wird sie nennen:
Die Namen müssen alle kennen.
Was sie gethan, was sie geübt,
Das weiss kein Mensch! Dass sie geliebt,
Das wissen wir. Genug gesagt,
Wenn man nach Wamik und Asra fragt.

LIVRE AMUSANT.

Le merveilleux livre, le livre des livres, est le livre de l'amour. Je l'ai lu attentif. Peu de feuilles joyeuses, des volumes entiers de passion. La séparation fait toute une partie; le revoir un petit chapitre. Les soucis et les chagrins s'y prolongent par des explications sans fin et sans mesure. O Nisami! — cependant enfin, tu as trouvé la vraie route; l'insoluble, qui le résout? Celui qui aime de nouveau.

Oui, de ces yeux, oui, de cette bouche, je fus regardé, embrassé. La hanche belle, ce corps aussi rond que pour les voluptés du paradis. Fut-elle là? où est-elle? Oui, c'était elle; tout cela vient d'elle; elle s'est laissée elle-même en fuyant, et m'a captivé tout entier.

LESEBUCH.

Wunderlichstes Buch der Bücher
Ist das Buch der Liebe;
Aufmerksam hab' ich's gelesen:
Wenig Blätter Freuden,
Ganze Hefte Leiden,
Einen Abschnitt macht die Trennung.
Wiedersehn! ein klein Capitel,
Fragmentarisch. Bände Kummers
Mit Erklärungen verlängert,
Endlos, ohne Maas.
O Nisami! — doch am Ende
Hast den rechten Weg gefunden;
Unauflösliches wer löst es?
Liebende sich wieder findend.

Ja, die Augen waren's, ja der Mund,
Die mir blickten, die mich küssten.
Hüfte schmal, der Leib so rund
Wie zu Paradieses Lüsten.
War sie da? Wo ist sie hin?
Ja, sie war's, sie hat's gegeben,
Hat gegeben sich im Flieh'n
Und gefesselt all' mein Leben.

AVERTI.

Moi aussi, dans des boucles de cheveux je me serais trop volontiers laissé prendre, et ainsi, Hafis, à ton ami il en serait advenu comme à toi.

De leurs longs cheveux elles forment des tresses; elles combattent sous le casque, comme nous en faisons bien l'expérience.

Celui qui fut bien avisé, ne se laissa point garrotter. On redoute de lourdes chaînes et l'on court dans de légers filets.

GEWARNT.

Auch in Locken hab' ich mich
Gar zu gern verfangen,
Und so, Hafis, wär's wie dir
Deinem Freund ergangen.

Aber Zöpfe flechten sie
Nun aus langen Haaren,
Unterm Helme fechten sie
Wie wir wohl erfahren.

Wer sich aber wohl besann
Lässt sich so nicht zwingen:
Schwere Ketten fürchtet man,
Rennt in leichte Schlingen.

SUBMERGÉ.

O toi, garnie de cheveux frisés, tête si arrondie! quand je puis, dans cette riche chevelure, à pleines mains passer et repasser, je me sens transporté d'aise jusqu'au fond du cœur. Et si je baise ce front, ces sourcils, ces yeux, cette bouche, mon plaisir redouble, et aussi mes blessures. Où le peigne à cinq broches doit-il s'arrêter? D'une boucle il retourne à une boucle; l'oreille même ne se refuse point au jeu. Ici il n'est point de chair, point de peau; cela est si délicat pour le badinage, si plein d'amour. Cependant, comme sous ces riches cheveux on effleure cette tête mignonne, comme on y promène éternellement la main; semblablement, Hafis, tu as ainsi fait, nous le voyons, dès le commencement.

VERSUNKEN.

Voll Locken kraus ein Haupt so rund!—
Und darf ich dann in solchen reichen Haaren
Mit vollen Händen hin und wieder fahren,
Da fühl' ich mich von Herzensgrund gesund.
Und küss ich Stirne, Bogen, Auge, Mund,
Dann bin ich frisch und immer wieder wund.
Der fünfgezackte Kamm, wo sollt' er stocken?
Er kehrt schon wieder zu den Locken.
Das Ohr versagt sich nicht dem Spiel,
Hier ist nicht Fleisch, hier ist nicht Haut,
So zart zum Scherz, so liebeviel!
Doch wie man auf dem Köpfchen kraut,
Man wird in solchen reichen Haaren
Für ewig auf und nieder fahren.
So hast du, Hafis, auch gethan,
Wir fangen es von vornen an.

DANGEREUX.

Dois-je parler de l'émeraude qui se montre sur ton doigt délicat? Un mot est quelquefois nécessaire, souvent il vaut mieux garder le silence.

Ainsi je dis : La couleur verte réjouit la vue! Je ne dis pas : Douleur et cicatrice y sont à redouter.

Encore! tu veux le savoir! « Pourquoi exerces-tu tant de puissance? Aussi dangereuse est ta nature que réjouissante l'émeraude. »

Mon amour, ah! l'espace contraindrait les libres chants qui, joyeux, çà et là, voltigèrent dans la région céleste. Partout le temps est pernicieux; eux seuls se maintinrent. Chaque ligne doit être immortelle comme l'éternel amour.

BEDENKLICH.

Soll ich von Smaragden reden,
Die dein Finger niedlich zeigt?
Manchmal ist ein Wort vonnöthen,
Oft ist's besser dass man schweigt.

Also sag' ich: dass die Farbe
Grün und augerquicklich sey!
Sage nicht: dass Schmerz und Narbe
Zu befürchten nah dabei.

Immerhin! du magst es lesen!
Warum übst du solche Macht!
« So gefährlich ist dein Wesen
Als erquicklich der Smaragd. »

Liebchen, ach, im starren Bande
Zwängen sich die freien Lieder,
Die im reinen Himmelslande
Munter flogen hin und wieder.
Allem ist die Zeit verderblich,
Sie erhalten sich allein!
Jede Zeile soll unsterblich,
Ewig wie die Liebe seyn.

TRISTE CONSOLATION.

A minuit je pleurais et je soupirais, car j'étais privé de toi! Alors vinrent des esprits nocturnes et je fus honteux. « Esprits nocturnes, » disais-je, pleurant et soupirant, « vous retrouvez celui auprès de qui, endormi, vous passâtes jadis. Il lui manque de grands biens : ne pensez pas plus mal de lui, qu'autrefois vous nommiez sage. Un grand mal l'afflige! » — Et les esprits nocturnes, avec des figures allongées, passèrent par-devant moi sans s'inquiéter de ma sagesse ou de ma folie.

SCHLECHTER TROST.

Mitternachts weint' und schluchzt' ich,
Weil ich dein entbehrte.
Da kamen Nachtgespenster
Und ich schämte mich.
Nachtgespenster, sagt' ich,
Schluchzend und weinend
Findet ihr mich, dem ihr sonst
Schlafendem vorüberzogt.
Grosse Güter vermiss' ich.
Denkt nicht schlimmer von mir
Den ihr sonst weise nanntet,
Grosses Uebel betrifft ihn! —
Und die Nachtgespenster
Mit langen Gesichtern
Zogen vorbei,
Ob ich weise oder thörig
Völlig unbekümmert.

SUFFISANT.

Que ton imagination t'abuse, te faisant accroire que par amour la jeune fille t'appartienne. Pour moi; je serais peu satisfait qu'elle fût habile en flatterie.

LE POÈTE.

Avoir cela me satisfait et me sert d'excuse; l'amour est un don spontané, la flatterie est un hommage.

GENUGSAM.

« Wie irrig wähnest du:
Aus Liebe gehöre das Mädchen dir zu;
Das könnte mich nun gar nicht freuen,
Sie versteht sich auf Schmeicheleien. »

DICHTER.

Ich bin zufrieden, dass ich's habe!
Mir diene zur Entschuldigung:
Liebe ist freiwillige Gabe,
Schmeichelei Huldigung.

COMPLIMENT.

Oh! combien j'eus de bonheur! J'allais dans la campagne où sur le chemin court Houdhoud. Je cherchais dans les pierres des coquilles pétrifiées de l'ancienne mer. Houdhoud accourut déployant la tiare, s'enorgueillissant burlesquement, plaisantant les vivants sur ce qui est mort. Houdhoud, lui dis-je, pour vrai, tu es un bel oiseau; hâte-toi, je t'en prie, Wildehopf! Hâte-toi d'annoncer à la bien-aimée que pour l'éternité je lui appartiens. As-tu aussi entre Salomon et la reine de Saba fait le messager d'amour?

GRUSS.

O wie selig ward mir!
Im Lande wandl' ich,
Wo Hudhud über den Weg läuft.
Des alten Meeres Muscheln
Im Stein sucht' ich die versteinten;
Hudhud lief einher
Die Krone entfaltend;
Stolzirte, neckischer Art,
Ueber das Todte scherzend
Der Lebend'ge.
Hudhud, sagt' ich, fürwahr!
Ein schöner Vogel bist du.
Eile doch, Wiedehopf!
Eile, der Geliebten
Zu verkünden, dass ich ihr
Ewig angehöre.
Hast du doch auch
Zwischen Salomo
Und Saba's Königin
Ehemals den Kuppler gemacht!

RÉSIGNATION.

Tu passes et tu es si agréable! Tu te consumes, et pourtant tes chants sont si beaux!

LE POÈTE.

L'amour me traite en ennemi. Je chante, je l'avoue volontiers, d'un cœur pénible. Vois les cierges, ils brillent en se consumant.

L'amour cherchait, pour sa douleur, un lieu qui fût solitude et isolement: il trouva le désert de mon cœur et s'y logea.

ERGEBUNG.

« Du vergehst und bist so freundlich,
Verzehrst dich und singst so schön? »

DICHTER.

Die Liebe behandelt mich feindlich!
Da will ich gern gestehn,
Ich singe mit schwerem Herzen.
Sieh doch einmal die Kerzen,
Sie leuchten indem sie vergehn.

Eine Stelle suchte der Liebe Schmerz,
Wo es recht wüst und einsam wäre;
Da fand er denn mein ödes Herz
Und nistete sich in das leere.

INÉVITABLE.

Qui commandera aux oiseaux de rester silencieux sur la plaine, et qui empêchera les brebis de se débattre sous le ciseau?

Resterai-je docile quand frisera ma laine? Non, les résistances de ma part provoquent le tondeur qui me tourmente.

Mais qui m'empêchera d'élever, selon mon plaisir, mes chants vers le ciel! De confier aux nuages combien elle me rend ce plaisir délicieux?

UNVERMEIDLICH.

Wer kann gebieten den Vögeln
Still zu seyn auf der Flur?
Und wer verbieten zu zappeln
Den Schafen unter der Schur?

Stell' ich mich wohl ungebärdig,
Wenn mir die Wolle kraust?
Nein! Die Ungebärden entzwingt mir
Der Scheerer, der mich zerzaust.

Wer will mir wehren zu singen
Nach Lust zum Himmel hinan,
Den Wolken zu vertrauen
Wie lieb sie mir's angethan?

MYSTÉRIEUX.

Tous sont en admiration devant les regards de mon amante; moi qui, au contraire, suis instruit des choses, je sais très-bien ce que cela veut dire.

Cela veut dire : J'aime celui-ci, et non pas un peu celui-ci et celui-là. Cessez, bonnes gens, votre étonnement et votre desir!

Oui, avec une immense puissance, elle regarde bien à la ronde : cependant, elle cherche seulement à lui annoncer les heures prochaines de bonheur.

GEHEIMES.

Ueber meines Liebchens Aeugeln
Stehn verwundert alle Leute :
Ich, der Wissende, dagegen
Weiss recht gut was das bedeute.

Denn es heisst : ich liebe diesen,
Und nicht etwa den und jenen.
Lasset nur ihr guten Leute
Euer Wundern, euer Sehnen!

Ja, mit ungeheuren Mächten
Blicket sie wohl in die Runde;
Doch sie sucht nur zu verkünden
Ihm die nächste süsse Stunde.

TRÈS-MYSTÉRIEUX.

« Nous sommes assidus nous autres amateurs d'anecdotes, à rechercher qui est ton amante, et si tu as beaucoup de rivaux.

« Car nous voyons bien que tu es amoureux : nous te l'accordons très-volontiers ; mais que ton amante te paie de retour, c'est ce que nous ne croirons pas. »

Allez, chers amis ! recherchez-la tout à votre aise ! Mais écoutez bien ceci : vous tremblez en sa présence ; est-elle partie, vous rêvez à son image.

Savez-vous comment Schebâb-eddin se dépouilla de son manteau sur l'Arafat ? Vous n'estimez pas insensé celui qui agit comme lui.

Si jamais devant le trône de l'empereur ou devant ta

GEHEIMSTES.

—

« Wir sind emsig nachzuspüren,
Wir, die Anecdotenjäger,
Wer dein Liebchen sey und ob du
Nicht auch habest viele Schwäger.

« Denn, dass du verliebt bist, sehn wir,
Mögen dir es gerne gönnen ;
Doch, dass Liebchen so dich liebe,
Werden wir nicht glauben können. »

Ungehindert, liebe Herren,
Sucht sie auf ! nur hört das Eine :
Ihr erschrecket, wenn sie dasteht !
Ist sie fort, ihr kost dem Scheine.

Wisst ihr wie Schehâb-eddin
Sich auf Arafat entmantelt ;
Niemand haltet ihr für thörig
Der in seinem Sinne handelt.

Wenn vor deines Kaisers Throne,
Oder vor der Vielgeliebten,

bien-aimée, ton nom est prononcé; que cet honneur, à tes yeux, soit la plus haute récompense.

C'est pourquoi ce fut une bien grande désolation, lorsqu'un jour en mourant, Medschnun défendit qu'à l'avenir on prononçât son nom devant Leila.

Je dein Name wird gesprochen
Sei es dir zu höchstem Lohne.

Darum war's der höchste Jammer
Als einst Medschnun sterbend wollte,
Dass vor Leila seinen Namen
Man forthin nicht nennen sollte.

TEFKIR NAMEH.

LIVRE DES CONTEMPLATIONS.

Écoute le conseil qui résonnè sur la lyre; il ne saurait te profiter si tu n'es capable de le comprendre : la plus belle parole perd tout son prix pour l'auditeur dont l'oreille est fausse.

« Que fait entendre la lyre? » Elle dit d'une voix claire : « La plus belle d'entre les filles n'est pas la meilleure fiancée. » Cependant si tu veux que nous te comptions parmi nous, le beau suprême doit être pour toi le plus grand bien.

TEFKIR NAMEH.

BUCH DER BETRACHTUNGEN.

Höre den Rath den die Leier tönt;
Doch er nutzet nur, wenn du fähig bist.
Das glücklichste Wort, es wird verhöhnt,
Wenn der Hörer ein Schiefohr ist.

« Was tönt denn die Leier? » sie tönet laut :
Die schönste das ist nicht die beste Braut;
Doch wenn wir dich unter uns zählen sollen,
So musst du das Schönste, das Beste wollen.

I.

CINQ CHOSES.

Il y a cinq choses qui n'en produisent pas cinq autres : prête l'oreille à ce discours :

L'amitié ne naît point d'un cœur plein d'orgueil; l'homme impoli est bien près de la bassesse; rarement un scélérat parvient à la grandeur; l'envieux ne compatit point à l'indigence.

Le menteur espère vainement foi et confiance. Retiens fermement ceci, et ne t'en laisse dépouiller par personne.

FÜNF DINGE.

Fünf Dinge bringen fünfe nicht hervor,
Du, dieser Lehre öffne du dein Ohr:
Der stolzen Brust wird Freundschaft nicht entsprossen;
Unhöflich sind der Niedrigkeit Genossen;
Ein Bösewicht gelangt zu keiner Grösse;
Der Neidische erbarmt sich nicht der Blösse;
Der Lügner hofft vergeblich Treu und Glauben.
Das halte fest und niemand lass dir's rauben.

II.

CINQ AUTRES.

Qui me rend le temps court? — l'activité.
Qui me le rend insupportable et long? — l'oisiveté.
Qui plonge dans les dettes? — tarder et tolérer.
Qui donne des richesses? — saisir à propos.
Qui élève aux honneurs? — la vaillance.

FÜNF ANDERE.

Was verkürzt mir die Zeit?
Thätigkeit!
Was macht sie unerträglich lang?
Müssiggang!
Was bringt in Schulden?
Harren und Dulden!
Was macht Gewinnen?
Nicht lange besinnen!
Was bringt zu Ehren?
Sich wehren!

III.

Le regard de la jeune fille est doux, lorsqu'elle fait signe. Doux est le regard du buveur, lorsqu'il va boire. Doux est le compliment du seigneur. Doux est le rayon d'automne qui te ranime. Aie sans cesse devant les yeux, comme plus douce que tout ceci, la main nécessiteuse, qui, gentille, s'avance à la rencontre des petits dons; grande est sa reconnaissance, en recevant ce que tu lui donnes. Quel regard! quelle révérence! quelle parlante expression! Regarde bien la petite mendiante, et tu donneras toujours.

Lieblich ist des Mädchens Blick, der winket,
TrinkersBlick ist lieblich, eh er trinket,
Gruss des Herren, der befehlen konnte,
Sonnenschein im Herbst, der dich besonnte.
Lieblicher als alles dieses habe
Stets vor Augen, wie sich kleiner Gabe
Dürft'ge Hand so hübsch entgegen dränget,
Zierlich dankbar was du reichst empfänget.
Welch ein Blick! ein Gruss! ein sprechend Streben!
Schau es recht und du wirst immer geben.

IV.

Et ce qui est écrit dans le Pend-Nameh, est écrit d'inspiration : « Quiconque recevra tes dons, tu l'aimeras comme toi-même : présente de bonne grâce le denier au pauvre : n'entasse point à tes héritiers un monceau d'or : hâte-toi de préférer la jouissance du présent à la mémoire du tombeau. »

Und was im Pend-Nameh steht
Ist dir aus der Brust geschrieben :
« Jeden dem du selber gibst
Wirst du wie dich selber lieben.

Reiche froh den Pfenning hin,
Häufe nicht ein Gold-Vermächtniss;
Eile freudig vorzuziehn
Gegenwart vor dem Gedächtniss. »

V.

Si tu passes devant un forgeron, tu ne saurais dire quand il ferrera ta monture : si tu vois une hutte dans la campagne, tu ne sais si elle ne t'élève point une maîtresse : rencontres-tu un adolescent beau et courageux, tu ne sais si un jour il te vaincra ou sera vaincu par toi. Mais tu sais très-sûrement dire de la vigne, que pour toi elle portera quelque chose de bon. Tu es donc le favori de la nature : le reste, je ne veux pas te le répéter.

Reitest du bei einem Schmied vorbei,
Weisst nicht wann er dein Pferd beschlägt;
Siehst du eine Hütte im Felde frei,
Weisst nicht ob sie dir ein Liebchen hegt;
Einem Jüngling begegnest du schön und kühn,
Er überwindet dich künftig oder du ihn.
Am sichersten kannst du vom Rebstock sagen,
Er werde für dich was Gutes tragen.
So bist du denn der Welt empfohlen,
Das Uebrige will ich nicht wiederholen.

VI.

Réponds au salut de l'inconnu! qu'il ait à tes yeux le prix du salut d'un vieil ami! Après quelques mots, dites-vous adieu! Si après bien des années, toi poursuivant ton sentier vers l'Orient, lui vers l'Occident, vous vous croisez sur le chemin dans un moment inattendu, écriez-vous pleins de joie : C'est lui! oui, c'était là! comme si tant de journées de marche par terre et par mer, tant de révolutions du soleil ne s'étaient pas accomplies depuis ce jour. Échangez maintenant vos marchandises et partagez le gain : une ancienne connaissance fait naître une nouvelle intimité : un premier salut enfante des trésors : salue donc avec aménité tous ceux que tu rencontres.

Den Gruss des Unbekannten ehre ja!
Er sei dir werth als alten Freundes Gruss.
Nach wenig Worten sagt ihr Lebewohl!
Zum Osten du, er westwärts, Pfad an Pfad —
Kreuzt euer Weg nach vielen Jahren drauf
Sich unerwartet, ruft ihr freudig aus:
Er ist es! da war's! als hätte nicht
So manche Tagefahrt zu Land und See,
So manche Sonnenkehr sich drein gelegt.
Nun tauschet Waar' um Waare, theilt Gewinn!
Ein alt Vertrauen wirke neuen Bund —
Der erste Gruss ist viele Tausend werth,
Drum grüsse freundlich jeden der begrüsst.

VII.

Les hommes se sont beaucoup entretenus de tes fautes, et se sont souvent tourmentés à les raconter comme des vérités. S'ils t'avaient raconté ce que tu as de bon, amicalement et avec les marques d'un cœur sincère; s'ils t'avaient indiqué comment on peut choisir le mieux, certes, le mieux ne te resterait pas caché; peu d'hommes, il est vrai, savent le chercher. Maintenant qu'ils m'ont choisi comme disciple, la pénitence m'enseigne dans quels cas l'homme est sujet à faillir.

Haben sie von deinen Fehlen
Immer viel erzählt,
Und für wahr sie zu erzählen
Vielfach sich gequält.
Hätten sie von deinem Guten
Freundlich dir erzählt,
Mit verständig treuen Winken
Wie man bess'res wählt;

O gewiss! das Allerbeste
Blieb mir nicht verhehlt,
Das fürwahr nur wenig Gäste
In der Clause zählt.
Nun als Schüler mich, zu kommen,
Endlich auserwählt,
Und mich lehrt der Busse Frommen,
Wenn der Mensch gefehlt.

VIII.

La vie publique t'excite à acquérir des connaissances; cependant la science enfle l'esprit. Quiconque contemple en silence, apprend comment l'amour produit d'heureux résultats. Si tu es appliqué jour et nuit, dans le but d'apprendre et de savoir beaucoup de choses, va écouter à une autre porte ce qu'il te convient de savoir. Si le principe de la justice doit pénétrer dans ton cœur, puise-le dans la Divinité : celui qui est embrasé d'un pur amour, sera avoué de l'Éternel.

Märkte reizen dich zum Kauf,
Doch das Wissen blähet auf.
Wer im Stillen um sich schaut
Lernet wie die Lieb' erbaut.
Bist du Tag und Nacht beflissen
Viel zu hören viel zu wissen;
Horch an einer andern Thüre
Wie zu wissen sich gebühre.
Soll' das Rechte zu dir ein,
Fühl' in Gott was Recht's zu seyn:
Wer von reiner Lieb' entbrannt,
Wird vom lieben Gott erkannt.

IX.

Alors même que j'étais vertueux, j'ai failli; et j'ai passé péniblement des années entières de ma vie. J'étais quelque chose et je n'étais rien : que signifiait ce mystère? Je voulais être un voleur, et peut-être m'y serais-je adonné : mais une pareille existence répugnait à mon cœur et l'aurait déchiré. Alors je pensai : « Être honnête homme est pourtant le meilleur. » Seulement, cela me fut bien pénible, mais ma résolution est demeurée ferme.

Wie ich so ehrlich war,
Hab' ich gefehlt,
Und habe Jahre lang
Mich durchgequält;
Ich galt und galt auch nicht,
Was sollt' es heissen?
Nun wollt' ich Schelm seyn,
Thät mich befleissen;
Das wollt' mir gar nicht ein,
Musst' mich zerreissen.
Da dacht' ich : ehrlich seyn
Ist doch das beste;
War es nur kümmerlich,
So steht es feste.

X.

Ne demande point par quelle porte tu es entré dans la cité de Dieu : mais demeure au lieu paisible où tu as une fois pris place.

Porte alors tes regards à l'entour sur les sages et les puissants qui gouvernent la terre : ceux-là t'instruiront, ceux-ci aiguiseront ta force et ta vaillance.

Si au milieu du peuple tu t'es montré utile et citoyen paisible, sache ceci : personne ne te haïra, beaucoup t'aimeront.

Le prince reconnaît la fidélité, c'est elle qui immortalise les actions; alors le nouveau pose et s'affermit à côté de l'ancien.

Frage nicht durch welche Pforte
Du in Gottes Stadt gekommen,
Sondern bleib' am stillen Orte
Wo du einmal Platz genommen.

Schaue dann umher nach Weisen,
Und nach Mächtigen, die befehlen;
Jene werden unterweisen,
Diese That und Kräfte stählen.

Wenn du nützlich und gelassen
So dem Staate treu geblieben,
Wisse! Niemand wird dich hassen
Und dich werden viele lieben.

Und der Fürst erkennt die Treue,
Sie erhält die That lebendig;
Dann bewährt sich auch das Neue
Nächst dem Alten erst beständig.

XI.

D'où je viens, cela est encore une question : mon chemin ici m'est à peine connu. C'est aujourd'hui, c'est ici que, sous un ciel serein, plaisir et douleur se rencontreront comme des amis. Dans les jours joyeux se rencontrent comme des amis plaisir et douleur. O douce prospérité quand tous deux se réunissent! qui pourrait rire alors, qui pourrait pleurer isolément?

Woher ich kam? Es ist noch eine Frage;
Mein Weg hierher, der ist mir kaum bewusst,
Heut nun und hier am himmelfrohen Tage
Begegnen sich, wie Freunde, Schmerz und Lust.
O süsses Glück, wenn beide sich vereinen!
Einsam, wer möchte lachen, möchte weinen?

XII.

On s'en va l'un après l'autre ou bien l'un devant l'autre. C'est pourquoi, alertes et courageux, cheminons bravement sur la route de la vie. Tu regardes de côté et t'arrêtes pour cueillir des fleurs; mais nulle chose ne te retient plus fortement en arrière qu'une âme fausse et mensongère.

Es geht eins nach dem andern hin,
Und auch wohl vor dem andern;
Drum lasst uns rasch und brav und kühn
Die Lebenswege wandern.

Es hält dich auf, mit Seitenblick,
Der Blumen viel zu lesen;
Doch hält nichts grimmiger zurück
Als wenn du falsch gewesen.

www.ingramcontent.com/pod-product-compliance
Ingram Content Group UK Ltd.
Pitfield, Milton Keynes, MK11 3LW, UK
UKHW021111290826
14628UKWH00014B/1581

9 782019 723453